松鼠下山

馮輝岳◎著
曹俊彥◎圖

【作者的話】 馮輝岳

跟動物做朋友

　　從小到大我都住在鄉下，對生活周遭出現的動物，總有一份特殊的感情。大自水牛，小至蟲蟻，牠們飛舞、跳躍、覓食和玩樂的形影，每每令我著迷，有時看著看著，就生出許多遐想來。

　　以前鄉下人家飼養的雞鴨，雖然最後都難逃被宰殺的命運，但牠們大部分時間，生活在大自然的懷抱裡，優游自在，快快樂樂的長大。記得幼年時候，我家屋外隨處可見雞隻走動，牠們一邊遊蕩一邊覓食，有時咯咯的歡唱，有時拍著翅膀互相追逐，看到我坐在竹林下吃東西，就會一隻隻圍過來，眼珠子盯著我手中的食物，滴溜溜的轉，那惹人愛憐的模樣，

讓人不由得想分一些給牠們吃。左鄰右舍的鴨子，因為擔心牠們四處亂逛忘了回家，多半養在圈裡，鴨圈就設在屋前的防風林下，周遭圍一圈竹籬，通風良好，靠水田的一邊，有一個小池子，供鴨子戲水。這樣的環境也挺舒適的。

我聽朋友說，現代的「蛋農」為了節省空間和人力，把小母雞養在A4紙大小的金屬格子籠裡，不能轉身，無法展翅，也從此一生無法接觸地面，每天只能站著，一頭吃飼料一頭下蛋。我聽了很難過，作為萬物之靈的人類，對待這些「經濟動物」，為何不能人道一些些呢？

很佩服清朝文人沈復在他的作品裡，把夏天嗡嗡飛繞的蚊子，想成一群白

鶴飛舞空中，真是浪漫而有趣的想像；我也佩服蟑螂堅韌的生命力，有專家研究，三億年前蟑螂的祖先就住在地球了，看來人們稱作「小強」的蟑螂，才是地球的原住民哩！有時想想，像蚊子、蟑螂這些「害蟲」，牠們只是不小心闖入人類生活的天地，餓了想填飽肚皮而已，本無惡意啊！如果我們把萬物都當作朋友，彼此欣賞、互相包容，相信這個世界會更和諧，也會更美好。

　　這本散文集收錄了十二個以動物為主角的故事，有些是童年回憶，有些是生活記事。由於社會的變遷和文明的進步，這些動物有的已消失無蹤，有的逃往他方，有的慢慢適應下來。我知道那些消失的不可能再回到這個地方，就如

同我那一去不復返的童年，我只能用筆勾勒牠們的影像，寫下我的思念。不過，我仍要慶幸自己還能在住家附近看到松鼠、蟾蜍、鷺鷥、斑鳩、綠繡眼……在平凡的日子裡，牠們的出現，帶給我許多的樂趣，我記錄了與牠們相遇時的驚喜和感動，也衷心期盼更多小動物來這裡蹦跳或飛翔，來這裡覓食或玩樂，因為這片土地是屬於「大家」的。

　　早晨散步，走過鄉間小路，常常看見松鼠在路旁的矮樹上跳來跳去。松鼠原來住在山林裡，為什麼要離開家園來到山下？用《松鼠下山》做書名，只想告訴大家：動物的遷徙或消失，可是大自然對人類發出的警訊哪！

童年往事

　　我的童年和《松鼠下山》的作者馮輝岳不一樣。不過，六十多年前的台北，雖然已經是很熱鬧的商業城市，但是只要稍稍往市郊走，就可以接觸到許多農村的景象，我在田野間寫生，畫速寫時，很自然的感受到「鄉下生活」的樂趣。

　　所以，這本書裡的許多情境，都會勾起我童年或少年時期的圖像記憶，這些圖像記憶就是我為《松鼠下山》設計插畫的基本。可以說這些插畫表現的是我和馮老師倆人童年的混合記憶！

繪者小檔案

1941年生於台北大稻埕。台北師範藝術科畢業。曾任小學美術教師、廣告公司美術設計、教育廳兒童讀物編輯小組美術編輯、信誼基金出版社總編輯、童馨園出版社與何嘉仁文教出版社顧問、小學課本編輯委員、信誼幼兒文學獎等評審，以及《親親自然》雜誌企畫編輯顧問。插畫、漫畫及圖畫書作品散見各報章雜誌，近期著力於圖畫書之推廣，特別關心國人作品之推介。

　　《松鼠下山》這本書收錄的作品，不只是馮先生的童年回憶，還包含一部分是描述他已經擔任教職後的事情和對周遭環境變遷的感慨。這一部分的插圖，我就不著重在童年趣事的描繪，希望畫面與文章能有更強的共鳴。

【 目 錄 】

忘了回家的斑鳩

籠子裡的斑鳩在阿公細心照顧下，頸部的斑紋愈來愈明顯了，好像繞著一圈黑白相間的項鍊。牠吃飽以後，就去啄理銀灰中摻幾根白色羽毛的尾巴。我喜歡站在籠子旁邊看牠，常常，我在凝視中生出許多遐想來。

有人來找阿公談天，阿公談著談著，就把話題轉到斑鳩身上，說牠怎麼聰明怎麼聽話，又說他從沒養過這麼乖巧的鳥兒，然後，阿公把斑鳩從籠裡抓出來，放在掌上，讓大家欣賞牠的姿容，當大家對牠品頭論足的時候，牠的尾部總會滑下一堆白白黏黏的東西，沾在阿公細長的手指上，阿公也不理會，我覺得很奇怪，平常阿公很愛乾淨，怎麼連手都不甩一下呢？

白天，阿公倦了，就把鳥籠掛在屋簷下。有時，我隔著小窗偷看牠，牠總是歪著頸脖，翻著眼珠子向上張望，那樣子給人一種孤零零的感覺。每天上午十一點左右，牠會「咕咕——咕咕——」的叫著，叫聲停止，牠就在籠子小小的空間學飛，牠的翅膀拍打著籠子，像要衝破竹篾似的。

　　這天，阿公拿飼料進去，一時疏忽，忘記關上籠子的門，斑鳩飛出去了。

　　「阿公，在那邊！」我指著葡萄架。

　　阿公悄悄走近葡萄架，斑鳩怯生生的挪動腳爪，阿公伸手一捉，只捉住幾根漂亮的羽毛。牠飛上濃密的竹林了，阿公和我站在竹林

下，仰臉找得脖子都痠了，也沒看到牠的影子。

「牠會回來的。」阿公很有把握的說。

阿公把籠子放在高高的葡萄架上，靠著木板門發愣。院子裡只剩一絲殘陽。

一會兒，我看見斑鳩飛到屋頂上。

阿公叫我躲開，他卻站在院子裡，向屋頂的斑鳩搖動食指，口中學牠「咕咕──咕咕──」的叫喚，我躲在屋簷下看著這一幕，覺得阿公的神情，就像在跟斑鳩講話一般的專注。不久，我聽到一陣翅膀拍動的聲音──斑鳩回來啦！

從此以後，阿公更放心了，他不關籠門，讓斑鳩自由的進出。每

天黃昏，斑鳩自己會飛回來，鄰居們都嘖嘖稱奇，還誇讚阿公養的斑鳩很有靈性呢！

有一天，很晚很晚了，仍不見斑鳩回來的蹤影。

我很著急，阿公卻一點都不急。

他說：「牠會回來的，今晚不回，明天一定回。」

可是，第二天、第三天、第四天……斑鳩一直沒再回來過。

沒有了斑鳩，阿公臉上的笑容收斂了，阿公又像以前那樣了，白天，不是躺在床上睡覺，就是咕嚕嚕抽著水菸筒。

過了不久，阿公去世了。家人把阿公埋在公墓南邊靠近竹林的地方，只要有陽光的日子，搖曳的枝葉間，就有好多好多的鳥兒唧唧喳喳叫著。我想，阿公不會太寂寞。

松鼠下山

那天黃昏，我站在屋旁，瞇眼望著遠方的斜陽，我又看見松鼠了，牠就在半空中的電線上，灰褐的身子，拖著一截扇子般的長尾巴，沿著電線疾走，身子輕得像要飛起來。我在底下跟著跑，牠一根電桿走過一根電桿，差不多繞過半個崗背，牠的影子才消失在防風林裡。這是我第二回在崗背看見松鼠，我就知道松鼠已經下山來到崗背了。

　　我家對面那座小山，有一大片相思林，斜坡上闢了幾塊茶園，母親幫主人採茶的時候，我和同伴常常去茶園玩，嬉戲中不時會聽到松鼠嘎嘎的叫聲，偶爾還瞥見茶樹間松鼠穿梭的身影。不過，最吸引我們的要算茶園下那條地道了，聽說是日據時代村民為了躲避美機轟炸合力挖掘的。地道很窄，只能跪著爬行，裡頭彎彎曲曲，還有岔路，

每條岔路都有一個出口，所以怎麼走也不會迷路。我們個兒小，在裡面鑽來鑽去，或追逐，或玩躲貓貓，地道裡的松鼠、野兔，常常被我們嚇得往外逃竄。

可是，自從幾個月前，建築公司派來幾部挖土機和推土機，先把茶樹、相思樹連根拔起，再把小山推平，接著蓋起一排排的透天厝，地道消失了，樹林也不見了。松鼠大概

受了驚嚇，才會紛紛逃往我住的崗背吧？

　　有一天吃過午飯，母親叫我拿飼料給鴨子吃。走近防風林下的鴨圈，透過竹籬間隙，居然看見一隻松鼠趴在食槽上猛吃，尾巴一掀一掀的，鴨子們則在一旁呷呷的叫，瞧牠那副饞相，不曉得多久沒吃東西了，等了五、六分鐘，牠微微抬一下頭，發現我在看牠，連忙竄上鴨圈後面低垂的黃槿樹。我倒完飼料，望一眼樹上，嘿，牠躲在樹背，歪著腦袋，一雙烏亮的小眼睛直勾勾朝我瞪哩！顯然還很留戀槽裡的食物，我不忍掃牠的興，趕緊離開。

　　住在隔壁的阿東屢屢向我抱怨，說他家門前的芭樂樹結的果子，快被松鼠啃光了。

「你看見松鼠了嗎？」我問他。

「看見啦！」他氣呼呼的說：「我非把牠捉住不可。」

阿東找來一個捕鼠籠，拿松果和熟芭樂當餌。我因為擔心松鼠上當，每天都到他的芭樂樹下走幾趟。

大約第五天清晨，我一開門就聽到芭樂樹那邊傳來匡啷啷的聲響，趕前去看，哇！一隻松鼠被逮了。我悄悄爬上芭樂樹，松鼠以為我要捉牠，把鐵籠撞得搖搖晃晃，我伸手拉起鐵門，拍著鐵籠小聲叫著：

「出去！出去！」

牠嗖的衝出去，縱身一躍，便消失在濃密的防風林裡。

唉，松鼠下山，對牠的生命可是另一種挑戰呢！

看水牛洗澡

阿能的年紀和我一樣大，他家養了一頭水牛，每天放學回家，他都要牽牛到附近的池塘洗澡。偶爾，他也讓我牽一牽牛。

阿能家的牛，一接觸到清涼的池水，就停在那裡，大嘴巴湊近水面，噴噴噴的啜飲，直到肚子鼓得像氣球，才滿足的移動步子走

入池中。阿能將繩索綁在岸邊的木樁上，牠慢慢的躺下，池塘不深，牠橫著身軀，還露出頸子和頭。

「呼……」

牠吐了一口大氣，要把滿肚的燠熱都吐出來似的。

水牛開始洗澡了，牠橫躺著，龐大的身體，翻過來，又翻過去，好讓發癢的背板，摩擦池底的泥巴，水面激起大漣漪，一圈一圈擴散，半池的水幾乎都被攪渾了，瞧牠陶醉的樣子，我猜牠一定洗得很舒服。洗了一陣，牠靜靜躺在水裡，池邊的蟲子、蒼蠅聞到腥味，紛紛趕來，有的停在牠的鼻尖，有的聚在牠的脣邊，牠大概覺得難受，不時舞動犄角，拍打水花，驅趕那些討厭的蟲子。

水牛洗澡，有點兒馬虎，總是愈洗愈髒。阿能解開繩索，將牠牽到水淺的地方，我們趕緊跳進池裡，用手掌潑水，幫牠沖洗，牠一動也不動的站著，好像滿喜歡這種「淋浴」。其實，我和阿能更喜歡這樣潑水玩。泥巴沖乾淨，全身上下察看一遍，確定沒有水蛭黏在牠身上，阿能才抖動繩索趕牠上岸。

　　回家的路上，阿能牽牛，我跟在後面，溼答答的牛尾巴，一甩一甩的，水珠子打在我的臉上，涼涼的，真好！

　　每天和阿能一起牽牛去池塘，一起坐在岸邊看牠洗澡，我終於明白，牠的名字為什麼叫水牛了。

叫唤

崗背的農家，每戶都養雞鴨，天一亮，就把雞鴨趕到屋外去。

關了一晚的雞群，張開雙翅從雞窩飛奔出來，咯咯咯的呼朋引伴，早晨的屋外，就這樣熱鬧起來了。相比之下，鴨子似乎魯鈍得多，十幾二十隻擠一堆，伸長頭頸，只會滴滴滴的叫著，一直要等母親將牠們趕進水田，牠們才會展開覓食行動，田裡的蟲魚特別多，牠們一邊玩水，一邊追趕小蟲小魚，母親從不擔心牠們吃不飽。

雞，在陸地上找食物就比較辛苦了，利爪子在落葉堆中翻尋，蟲兒雖然不少，可惜這些蟲兒小得連我們的肉眼也看不清楚，要好多好多才能填飽肚皮，所以，每天近午的時候，母親會舀半勺穀子，對著竹林和曠野，呼喊她的雞群：

「足……足足足足！足……足足足足……」

躲在竹林下或草叢間覓食的雞，聽到這熟悉的叫喚，知道有得吃了，紛紛從各個角落跑過來，等雞群大都到齊了，母親從勺裡抓一把穀子撒下，這時，母親口中發出的聲音又不一樣了：

「足！的、的、的、的，足！的、的、的、的……」

那「的」字，是舌尖抵住上顎，彈出的聲響，清脆而短促。真奇怪，雞們一聽到「的」聲，馬上盡情的低頭篤篤啄食。

有時，我跟牠們開玩笑，學母親叫著：「足……足足足足……」起先，牠們都興奮的跑來，不過，雞們頗善於察言觀色，看我沒有撒穀子的意思，有的歪著頸脖盯我，有的訕訕離開，有的嘴

裡咯咯咯，好像在嘀咕什麼。下一回，我再這樣叫喚，牠們最多只抬頭望一眼，不大理我了。顯然，牠們能夠從母親和我的叫喚中，分辨出真情或假意。

黃昏，雞們像天空的倦鳥，陸陸續續的回家。至於那整天優游田

間的小鴨們，多半追尋蟲魚水草，樂昏了頭，天就要黑了，仍大玩特

玩，根本忘了回家這件事。母親就得帶著籮筐，沿著田埂找尋，阡陌縱橫的田野間，放眼望去，只有綠油油的稻叢在晚風中款擺，四周靜悄悄的，母親拉高嗓門喊著：

「笛……笛笛笛笛笛……笛……笛笛笛笛……」

母親在那頭，我在這頭。母親的叫喚，在暮色中傳得很遠。叫喚聲停了，我們豎耳傾聽，沒有回音，母親走向另一塊田，繼續喊著：

「笛……笛笛笛笛……笛……笛笛笛笛……」

就這樣，一塊田找過，換另一塊田，直到田裡傳來小鴨「滴滴滴」的回應聲，找到鴨群活動的位置，母親和我才下田把小鴨趕上田埂，再檢查小鴨的蹼，確定是自家的小鴨以後才趕進籮筐。小鴨雖然

貪玩，但是一聽見「笛」聲，好像就知道主人在找牠們，並且馬上派代表回應，可見牠們不是不想回家，而是忘記回家。這種乖巧的本性，或許也是小鴨討人喜愛的原因。每回聽到小鴨的回應聲，我就想：要是牠們裝聾作啞，母親和我不曉得要找到什麼時候哩！

相傳古時候有個叫公冶長的人，聽得懂鳥語。雞鴨都是鳥類，這「足」聲和「笛」聲，莫非是公冶長先生傳下來的鳥語，不然，牠們怎麼聽得懂母親的叫喚？

都是雞鴨惹的禍

我家門前有一排防風林。防風林後面，是雲叔的田。

崗背人家飼養的小鴨，平常都在雲叔的田裡活動。可是剛插秧那段日子，秧苗弱不禁風，雲叔是不許小鴨進入田裡的，小鴨們可苦了，關在圈子裡，滴滴滴滴的叫。有些人家趁雲叔不在的時候，偷偷的趕鴨子下田，把稻秧踩得東倒西歪，隔天，雲叔來巡田水，發現田裡的情況，頓時火冒三丈，只見他站在田埂間，一手插腰，一手指著防風林漫罵著：

「夭壽喔！踩成這樣，養鴨子也要有點良心啊！下回被我逮著，我就活活打死牠……」

雲叔哇啦啦的罵聲，和咬牙切齒的表情，我們最熟悉了，有時，我們還模仿他的口氣，哇啦啦的回應他。

　　雲叔給我們的印象一直不很好，這都是雞鴨惹的禍。若不是崗背人家的雞鴨惹了他，他的脾氣也不會變得這麼暴躁。

　　每逢稻子抽穗的時候，雲叔總會沿防風林圍一道尼龍網，把雞鴨隔在網外。崗背人家就以尼龍網為界，在其他三面圍起竹籬當作鴨圈，鴨子住在裡面，雖然不如田間自由，但是比起關在暗無天日的屋裡，要舒適得多。大雞小雞也都識趣的在樹下覓食，可是，當牠們瞥見金黃的稻穗垂掛在尼龍網邊，就禁不住誘惑了，先是隔網輕啄，覺得不過癮，便試著展翅學飛，尼龍網不高，體型高大的雄雞，三兩下

就越過去饕餮一頓了。對於牠們的「惡行」，我們除了偶爾幫忙吆喝和揮趕，實在想不出好法子阻擋，當然，最痛恨這些饞嘴雞的要算雲叔了，老遠看見田間的雞影，雲叔便氣呼呼衝過來，隨手撿起土塊，一陣猛砸猛打，可憐的雞被砸得驚惶失措，大聲呼叫「咯咯給！咯咯給！」我默默看著，心裡很矛盾，不知道要同情牠們，還是要詛咒牠們？

　　一年到尾，雲叔和雞鴨之間的「糾紛」，不停的上演，我們這些在樹下玩耍的孩子，看在眼裡，聽在耳中，也習以為常了。砸歸砸，罵歸罵，雲叔可不曾打死崗背人家的雞鴨，甚至他要噴灑農藥的前一晚，還挨家挨戶請大家把雞鴨關好。雲叔實在是一個好農夫，他疼惜

自己辛勤種植的稻穀，也疼惜崗背人家的雞鴨，倘使雞鴨和雲叔能夠和諧相處，彼此河水不犯井水，那是最好不過了。但是，這好像有困難，雞鴨原是活在大自然裡的，雲叔的田地這麼遼闊，每隻雞鴨都會心生嚮往吧！

收割的季節到了，雲叔一家人都在忙，雲叔母忙著晒穀子，小孩忙著趕麻雀、趕雞鴨。傍晚，他們將穀子耙到晒穀場中央，堆起了一座座的「小山」，這時候的雲叔，臉上的笑靨映著斜陽，看起來格外燦爛。我想，他大概早已忘了雞鴨們的「惡行」。

崗背的魚

釣魚、捉魚，曾經是我唯一的消遣。

童年及少年時代，一有空閒，我就竿不離手，或沿溪而行，或獨坐岸邊。釣魚比較容易，田溝中、池塘裡，野生的魚蝦特別多，只要有根竹竿，繫上絲線，在釣鉤掛上餌，就能夠輕易釣上來。空手捉魚，可沒那麼簡單，除非池塘或田溝快乾了，否則，魚兒滑溜，一扠蹦，就逃走了。

雖然魚兒把我當作敵人，我卻把牠們當作玩伴。我經常順著長長的田溝，到田裡看父親耕作，田溝僅三、四尺寬，每隔不遠，就有一個淺坑，那是某年旱災，崗背人家鑿井留下的痕跡，魚兒多半住在這裡，水很淺，清澈見底，棲息這裡的不外泥鰍、七星鱧一類的小魚，

其中數量最多的是七星鱧，崗背的人稱牠「養公」。沿田溝走，釣餌在水面輕輕抖動，沒見過多少世面的小「養公」，搶得最凶，小嘴一咬，立刻往肚裡吞，一下子便被拉上岸來；大「養公」或許知道人間險惡，釣餌在牠嘴邊抖動老半天，牠不吃就是不吃。泥鰍的嘴巴

小，釣餌塞不下，很難釣上岸，田溝的水慢慢流，小泥鰍悠哉的在溝底休息，我愛跟牠們玩兒，瞥見牠們靜靜的在溝底，我用腳朝田埂重重一踩，溝底霎時激起幾處渾濁，像一小陣雲霧，一會兒，沉澱了，散了，泥鰍全都隱沒了蹤影。這小小的遊戲很有趣，不知道泥鰍們怎

麼想，牠們一定對我的「惡作劇」深惡痛絕吧？

　　長大一些，田溝的小魚、小蝦漸漸引不起我的興致了。崗背大池的尾端，池底的土質比較堅硬，那裡的水深僅及膝蓋，走在水中，成群的鯽魚在眼前穿梭，清晰可見，還不時衝撞我的腳踝和小腿，我拖著竹製的魚具，在水中追趕，每回上岸，魚具裡總有七、八條潑剌亂跳的大鯽魚。鯽魚的身子扁扁的，白色的鱗片在陽光下閃著銀光，兩手輕輕的捉，也不掙扎，實在是很溫馴的魚兒。抓得最過癮的，要算是颱風來襲的翌日，大池的入水口，是山溝的盡頭，山上匯集的雨水，沿著幾條山溝沖下來，大池的鯽魚喜歡溯「溝」而上，紛紛聚在入水口，並且爭著向上攀爬，露出了青蒼的背脊，這些傻呼呼的「上

水魚」，沒地方躲，空手就能把牠們一一捕捉。每逢颱風天，我家廚房裡總是飄滿母親煎魚的香味呢！

　　七星鱧、泥鰍和鯽魚，是崗背最常見的魚兒。走過田溝，路過池邊，到處可見牠們的形影。這麼親切、熟悉的魚兒是屬於崗背的，牠們在這裡出生、長大、繁衍。崗背也是牠們的家鄉。崗背的孩子一年到尾不停的垂釣、捕捉，牠們的數量不曾減少過。倒是幾十年後的今天，牠們紛紛出走，不知流浪何方？每次回鄉，看不見這些魚兒，總覺得崗背少了什麼，心中不由得悵惘起來⋯⋯。

床下的朋友

　　童年的時候，我住在老家。

　　放學回來，我喜歡坐在門前的竹林下休息，有時看螞蟻搬東西，有時東翻西找，看看有沒有蟋蟀、甲蟲的蹤影。

　　偶爾翻動竹林下的石塊，總會發現蟾蜍蹲踞底下，靜靜的閉目養神，灰黑的皮膚，又粗又皺，還有一粒一粒的疙瘩，看起來還真醜。通常我是不惹牠的，趕緊搬回石塊，恢復原狀了事。不過，牠們睡眼惺忪的神態，似乎告訴我：「咱們晝伏夜出，請勿打擾。」

夏天的鄉下，蚊子特別多。一到傍晚，蚊子嗡嗡出動，在竹林下或院子裡上下飛舞、穿梭。那天，院子還有幾絲殘陽，我就著黃昏的天色，瞥見幾團黑影在院子的牆角躍動，定睛細瞧，喲，是蟾蜍，這邊一隻，那邊兩隻，我蹲下來，一邊拍趕蚊子，一邊趨前看看。我身旁這隻顯然不怕我，睜著眼眸，一動也不動，忽然，頭一抬，張嘴，伸出長長的舌頭，在我還來不及看清楚的時候，牠的喉嚨動了一下，好像有什麼進了牠的肚腹；過不了幾秒，牠又那樣重複相同的動作。原來，牠正享用蚊子大餐呢！

　　蟾蜍的捕蚊技巧，實在高超，一伸舌，就逮個正著，令我不得不對蟾蜍另眼相看。牠們的長相，雖然不怎麼可愛，我想，說牠們「可

敬」應該不為過吧？我陪著牠們，直到天黑，我起身要回家吃晚飯了，牠們還在那裡。

晚上，我躺在老眠床睡覺，蚊子像一架架小小戰鬥機，在我的房間裡飛繞。我躲在蚊帳中，聽著耳邊傳來蚊子嗡嗡的拍翅聲，不禁想起院子裡的蟾蜍。真希望牠們進來我的房間跳一跳……。

你相信嗎？隔兩天，我竟然發現一隻大蟾蜍，住進我的老眠床下。牠眨一下眼珠，骨碌碌對我看，我怕驚擾牠，慢慢退出來，輕輕跟牠說：「哈囉！你，你真是我的好朋友！」

鷺鷥的安全距離

亮哥的稻子收割後那幾天，飛來許多白鷺鷥，像一朵一朵的白花開在田裡，這裡一朵，那裡一朵，真是好看。每當我從田埂走過，那些鷺鷥遠遠看見我，就一隻一隻飛起來了。

　　有一天，我想試試牠們的膽量，一踏上田埂，便開始數數，走一步數一下，慢慢的向牠們接近。數到四十九，忽地一隻鷺飛起來，接著兩隻飛起來，三隻、四隻飛起來……一眨眼，全都飛走了。

　　午後，我發現鷺鷥回來了，又再走一遍，這回數到四十八，鷺鷥開始起飛，然後一隻隻飛走了。兩次的步數很接近，鷺鷥似乎要隔著一段安全距離，才敢安心的覓食，只要我稍稍逾越，牠們立即收到撤離的訊息，而紛紛飛起。

今天卻奇怪了，亮哥駕著耕耘機達達達的忙著翻土，後面跟著一大群鷺鷥，一二三四五六……呵，數也數不清，有的低頭吃東西，有的頸子轉來轉去，有的剪動兩腳忙著追逐蟲子。我從田埂走過，離牠們這麼近了，牠們仍緊緊跟著耕耘機，沒有一隻飛起來。那又高又大的耕耘機，多像牠們的媽媽，它翻起泥塊和殘梗，把蚱蜢、青蛙和小蟲兒都趕出來啦！鷺鷥們跟在耕耘機媽媽身邊，有得吃，有得玩，又快樂又安心。

我往前走幾步，離牠們更近了！我放慢腳步，睜大兩眼，要把鷺鷥的模樣看個清楚，細長的腿兒，彎彎的頸子，尖尖的長嘴，一身雪白的羽毛，牠們在田中漫步的形影，看起來優雅而高貴。站在田埂

上，我一邊看鷺鷥一邊

想：要是人與鷺鷥之間

沒有距離，我們就可以

輕輕撫摸牠那潔白的羽毛

了，也可以像抱小貓、小狗一樣把牠抱

在懷裡，那種感覺一定很奇妙……。

這麼多鷺鷥來吃蟲子，亮哥很歡迎吧？田裡的蟲子少了，

下一季的稻子也會長得好。我朝耕耘機上的亮哥揮揮手，亮哥也笑著

跟我揮揮手。

我要離開了，鷺鷥們仍然跟著耕耘機，沒有一隻飛起來。

操場的狗

空曠的校園，靜靜的，只有微風拂過樹梢的聲音。我沿著斜坡，慢慢的走向操場。站在榕樹下，瞇眼眺望中央綠油油的草坪，金色的斜陽灑過來，視線裡出現幾團棕色的影子，在草坪上躍動，仔細瞧瞧，才看清楚那是一群小狗在嬉戲。

　　牠們跳過來跳過去，忽前忽後，忽左忽右，像玩耍又像搶食。因為隔得遠，我分不清牠們在玩什麼把戲，但是牠們興奮的樣子，令我羨慕。牠們在陽光裡跳動的身影，好像一群貪玩的孩子，沉迷在追趕跑跳的歡樂中，這群小狗大概是附近住家養的，趁著放學後相約到這兒來玩的吧？牠們的體型矮小，動作卻十分敏捷。我怕打擾牠們，悄悄向前挪動步子，走到另一棵樹下……呀！牠們正在搶一塊「獸

皮」。我的腦海立即浮現紀錄片裡，老虎拉

扯羚羊屍肉的鏡頭。牠們，這群小狗……

「喝！」我對著牠們大叫一聲。

其中兩隻停下來，瞪了我一眼，又繼續追逐。

我注視著那塊被扯過來拉過去的「獸皮」，真不敢相信這群小

狗會這麼殘忍，心裡不由得納悶與生氣起來。我用力跺腳，想制止牠

們，牠們朝我汪汪叫兩聲，又繼續去拉扯那塊褐色的東西。

「喝！喝……」我衝過去。

這突如其來的舉動，顯然把牠們嚇慌了。只見牠們四處奔竄，跑得四腳沒著地似的，一直跑到對面的草叢邊，才回過身子張望，好像還捨不得那塊東西。我慢慢的走向它，腦海又浮起紀錄片裡血淋淋的鏡頭，心裡不住的咒罵對面的小狗。

當我走近那塊「獸皮」的時候，我愣住了，這哪是獸皮？只不過是一件褐色的運動衫。我蹲下來，翻動一下，運動衫上布滿了狗腳印，胸口還掛著一塊「5126」的學號牌，這群小傢伙似乎對學號牌上的膠套，特別感興趣，上面重疊著密密麻麻的齒痕。我拎起這件「傷

痕累累」的運動衫，抬頭看牠們一眼，牠們都低著頭，帶著一臉的無辜。

　　牠們的興致被我打斷了，牠們的「玩具」被我拿走了。我感到歉疚。我揚了揚手中的運動衫，還給牠們或是交還「5126」同學呢？我站在原地猶豫許久，才拎著運動衫，離開草坪。

　　很遠了，我回過頭去，彷彿還看到牠們悵然的表情。

防風林下的小徑，平常人煙罕至，防風林便成了鳥兒的莊園。

從小徑走過，我的腳步輕輕的，輕輕的。只有這樣，才聽得到牠們的歌聲，才看得見牠們的姿影。想來有點感傷，人鳥之間的隔閡，為什麼仍然這樣深呢？

我輕輕的走。腳底踩在雜草上，發出細微的聲響。我的腳步已經夠輕了，希望不會驚擾牠們。

一隻喜鵲站在高高的林梢，嘎嘎叫著，又黑又長的尾羽，閃閃發光，嘎嘎……嘎嘎……，不知在呼喚，還是在歌唱？成群的綠繡眼，像許多小小音符，唧哩唧哩的在矮樹叢間跳躍；最多的要算麻雀了，牠們聚在竹林上頭，開會似的嘰喳聲，愈來愈響亮；附近的田地大都

休耕了，麻雀可傷腦筋了，不過，機靈的麻雀，總有法子度過難關的。我一點都不替牠們擔心。

雞狗乖！雞狗乖！……好久沒聽到這樣的叫聲了，正想著是哪種鳥兒的歌聲，忽見眼前的竹叢下，鑽出一團灰撲撲的影子，「竹雞！」我心裡喊著。雖然牠只出來亮相一下，不過我看得很清楚，胖圓的體型、灰褐的翅膀、粗壯的腳……「雞狗乖」是牠的叫聲，也是鄉下人對牠的稱呼。記憶中那首童謠：「雞狗乖！雞狗乖！無米正來挑。」說的正是竹雞呀！

噗咕咕……咕！噗咕咕……咕！

前方傳來斑鳩的歌聲，真好聽；小時候跟隨母親到茶園剪茶，

耳邊也常傳來這種聲音，現在聽起來，感覺格外親切。喔，斑鳩膽子小，不能再往前走了……。

我穿越田野，離開防風林，離開小徑。很遠了，我還聽到斑鳩的叫聲：噗咕咕……咕！噗咕咕……咕！……。

防風林的歌聲很好聽，有的粗獷，有的嘹亮，有的高亢，有的低沉。想聽牠們的歌聲，腳步就得像我這樣，輕輕的，輕輕的。

剛剛入睡，就被蚊子吵醒，開燈找了一會，沒看到影兒，繼續睡。過沒兩分鐘，那嗡嗡聲又回來了，忽左忽右，忽遠忽近，又忽的消失，料想落在我的臉頰或脖子上，伸手揮揮，瞥見有個小黑影一閃而過。好險！差點讓牠飽餐一頓。

　　眼皮澀極了，卻不敢再合眼。我直直躺著，靜靜的等牠再來。實在不懂這蚊子打哪來的，天氣一回暖，

牠就現蹤，幾道紗門、紗窗都防不了牠。

　　心裡記掛著那隻沒逮著的蚊子，再也無法安心入眠了，索性捻亮大燈，來個徹底檢查。我先把盆景、窗簾搖一搖，看看有無蚊影飛起；素色的牆面和壁櫥，一眼望去，清清楚楚，沒什麼停在上頭；印著灰褐圖案的天花板卻令人眼花，仰著頭，一小格一小格尋找，那上頭凝結的碎屑或蛛網，屢屢叫我空歡喜一場，費了好一番工夫，仍不見牠的下落。眼睛真的疲倦了，睡吧！隨牠喝飲，反正睡著了不覺痛癢。熄了大燈，腦海興起了放棄的念頭，隨即鑽入被窩。哪知眼皮一合上，嗡嗡聲又起。我暫停呼吸，一動也不動，聲音停在我的鼻尖，伸手拍過去，卻聽到嗡嗡飛走的聲音。就著朦朧的小夜燈，向上瞄一

下，只見牆上有兩個黑點，睜大眼睛細瞧，確定是一隻蚊子和牠的黑影，我匍匐著往桌前取來拍子，慢慢舉高，誰知牠馬上飛走了，這，是出於牠的本能嗎？記得我在書上看過外國昆蟲學家的研究，說某些昆蟲不但具有本能，還會思考，很聰明呢！莫非這鬼靈精般的蚊子，也是其中一種昆蟲。

一夜沒睡好，覺得又氣又惱，倒懷念起童年掛蚊帳的歲月。童年時，鄉間蚊子特別多，夜深了，鑽入帳裡，像躲進防空洞，我睡得香，也睡得甜。唉！若問我現在最想要的是什麼？我一定毫不猶豫的回答：「一頂蚊帳！」

被一隻蚊子折騰了一夜，仍拿牠沒輒，我實在不甘心。那蚊子在

我房間流連整晚，連一口鮮血的腥味都還沒聞到，必也十分不甘吧？

　　坐在床上想著，忽覺這樣對一隻蚊子生氣，是非常愚蠢的事情。

　　於是，我心平氣和的躺下來，側著身子，把四肢和頭臉縮進薄毯

中，雖然裡面空氣不好，不過也等於罩了一層保護網，我終於放心

的睡了。

　　這一覺，一直睡到陽光透進窗簾，我才醒來。

窗外星光燦爛，樹影婆娑，只有蟲兒輕輕的歌唱。在這充滿詩情畫意的夜晚，我，代表蟑螂族的同胞，跟你們說幾句話。

仔細算一算，我們和人類相處的時間可說相當久了。我們躲在陰暗的角落，靠著扁扁薄薄的身子，在地球上穿梭、闖蕩，千萬年來，不但沒有被滅絕，而且繁衍了數不清的子子孫孫，蟑螂族生命力的強韌，我想，人類多數領教過，你們常掛在口中的一句話：「打不死的蟑螂！」就是最好的見證。

真喜歡你們的廚房，那兒是我們的快樂天堂。很慶幸我們有一個比你們更好的胃口，晚上，你們熄了燈，上了床，把寬敞的廚房讓出來，我們打心底感激，你們自以為收拾得很乾淨，可是在我們敏銳的

嗅覺裡，到處都沾滿芬芳，有如童話故事中走進糖果屋的小女孩，我們常常興奮得跳起踢踏舞，碗櫥上的一小塊油漬，砧板上的一小片菜屑，料理台上的幾顆飯粒……夠了，夠了，這麼多美味可口的佳肴，散發著誘人的香味，能怪我們每晚都來這裡相聚嗎？

很對不起，我們的小嘴巴啃壞了精美的櫥櫃和砧板，每次聽見你們破口大罵的聲音，我都覺得不好意思，真的，我們不是故意的，實在是我們經不起那上面香香甜甜的誘惑啊！

也喜歡你們的垃圾桶，客廳的那個沒什麼搞頭，我們最喜歡廚房這個了，你們從不加蓋，我們衷心感謝。裡面的東西可多，一年四季提供我們不同的晚餐和點心。朋友來訪，我們都帶他到這裡來。聽

說今年水果大豐收，我們簡直樂透了，吃著那些腐爛的果皮、果肉，害我們常常擔心把肚皮撐破。

　　廚房這個垃圾桶，已經成為蟑螂族的高級餐飲店了。只是，鼠大俠也常光顧，趕他嘛！又怕他不高興，真教我們為難，他們的家不曉得住哪兒，三更半夜才從排

水孔鑽進來。也真是的，排水孔的漏水罩鬆了，你們也不修理。趕緊和些水泥糊一糊吧！那鼠大俠一副流氓的樣子，全身灰撲撲的長毛，看起來令人害怕。

我們怕光，所以晝伏夜出，這是祖先傳下來的「生活公約」。並不是我們見不得光，而是擔心燈光暴露我們的身分。就在昨天晚上，你們不好好睡覺，半夜闖進廚房，我們正在料理台上開同樂會呢！跳著、唱著，突然燈光大亮，打擾了我們不說，還拿拍子打得我們四處亂竄，同伴死的死，傷的傷，唉，想不到歡樂的晚會，竟以悲劇收場，我難過極了，人類和蟑螂的戰爭不知何時才會終止，我們與人類之間本沒什麼深仇大恨，為什麼要這麼對待我們？

天生萬物，都有他存活的意義。蟑螂族棲身細縫或暗室，雖然委屈，自認活得很有尊嚴；長相稱不上美麗，光鮮的外表下，卻有著溫和的個性。也許我們的某些行為令人深惡痛絕，我們卻我行我素不當一回事，這是認知的不同吧？地球是屬於大家的，每一種生物，都有權選擇適合自己的生活，就像魚蝦在水中優游，飛鳥在枝頭棲息，細菌在腐木中繁衍……

　　蟑螂族不懂什麼叫衛生，什麼叫骯髒，我們的字典裡沒有這些字眼。一邊吃一邊拉，是我們的習慣，我們的「米田共」，像黑色的小藥丸，那是我們回饋大地的禮物。我們沒有製造髒亂，沒有汙染地球，活得心安理得，憑什麼說我們髒？要怪就怪人類太聰明，也太勢

利了，蓋了那麼多工廠，製造那麼多化學藥物，發明那麼多喝油的交通工具，廢氣、黑煙飄像藍天；廢水、毒藥滲入地下。地球上，已經快沒有乾淨的土地了。捫心自問，到底誰比較髒？美麗的地球，就是被你們弄成這樣髒兮兮的呀！

　　喔，夜已深，不多談了。我已在砧板上吃過點心，在這靜靜的夜晚，哼一首「蟑螂之歌」，伴你們入夢吧！

　　我是一隻大蟑螂，

　　我喜歡黑黑的晚上，

　　我討厭亮亮的燈光，

　　……

國家圖書館出版品預行編目資料

松鼠下山／馮輝岳著；曹俊彥圖 . -- 初版. -- 台北市：
　幼獅, 2012.07
　　面；　公分. -- （新High兒童. 故事館 ； 8）
　ISBN 978-957-574-874-6（平裝）

　859.7　　　　　　　　　　　101008565

・新High兒童・故事館・8・

松鼠下山

作　　　者＝馮輝岳
繪　　　者＝曹俊彥
出 版 者＝幼獅文化事業股份有限公司
發 行 人＝李鍾桂
總 經 理＝廖翰聲
總 編 輯＝劉淑華
主　　　編＝林泊瑜
編　　　輯＝周雅娣
美術編輯＝黃瑋琦
總 公 司＝10045台北市重慶南路1段66-1號3樓
電　　　話＝(02)2311-2832
傳　　　真＝(02)2311-5368
郵政劃撥＝00033368

門市

●松江展示中心：（10422）台北市松江路219號
　電話：(02)2502-5858轉734　傳真：(02)2503-6601
●苗栗育達店：（36143）苗栗縣造橋鄉談文村學府路168號（育達商業科技大學內）
　電話：(037)652-191　傳真：(037)652-251

印　　　刷＝祥新印刷股份有限公司
定　　　價＝260元
港　　　幣＝87元
初　　　版＝2012.07
書　　　號＝986245

幼獅樂讀網
http://www.youth.com.tw
e-mail:customer@youth.com.tw

基本資料

姓名：＿＿＿＿＿＿＿＿＿＿＿＿＿＿先生／ 小姐

婚姻狀況：□已婚 □未婚　職業：□學生 □公教 □上班族 □家管 □其他

出生：民國＿＿＿＿＿年＿＿＿＿＿月＿＿＿＿＿日

電話：（公）＿＿＿＿＿（宅）＿＿＿＿＿（手機）＿＿＿＿＿

e-mail：＿＿＿＿＿＿＿＿＿＿＿＿＿＿＿＿＿＿＿＿

聯絡地址：＿＿＿＿＿＿＿＿＿＿＿＿＿＿＿＿＿＿

1.您所購買的書名： **松鼠下山**

2.您通常以何種方式購書?：□1.書店買書 □2.網路購書 □3.傳真訂購 □4.郵局劃撥
　　　　（可複選）　　□5.幼獅門市 □6.團體訂購 □7.其他

3.您是否曾買過幼獅其他出版品：□是，□1.圖書 □2.幼獅文藝 □3.幼獅少年
　　　　　　　　　　　　　　　□否

4.您從何處得知本書訊息：□1.師長介紹 □2.朋友介紹 □3.幼獅少年雜誌
　　　　（可複選）　　□4.幼獅文藝雜誌 □5.報章雜誌書評介紹＿＿＿＿＿報
　　　　　　　　　　□6.DM傳單、海報 □7.書店 □8.廣播（　　　　）
　　　　　　　　　　□9.電子報、edm □10.其他＿＿＿＿＿

5.您喜歡本書的原因：□1.作者 □2.書名 □3.內容 □4.封面設計 □5.其他

6.您不喜歡本書的原因：□1.作者 □2.書名 □3.內容 □4.封面設計 □5.其他

7.您希望得知的出版訊息：□1.青少年讀物 □2.兒童讀物 □3.親子叢書
　　　　　　　　　　　□4.教師充電系列 □5.其他

8.您覺得本書的價格：□1.偏高 □2.合理 □3.偏低

9.讀完本書後您覺得：□1.很有收穫 □2.有收穫 □3.收穫不多 □4.沒收穫

10.敬請推薦親友，共同加入我們的閱讀計畫，我們將適時寄送相關書訊，以豐富書香與心
　　靈的空間：
(1)姓名＿＿＿＿＿e-mail＿＿＿＿＿電話＿＿＿＿＿
(2)姓名＿＿＿＿＿e-mail＿＿＿＿＿電話＿＿＿＿＿
(3)姓名＿＿＿＿＿e-mail＿＿＿＿＿電話＿＿＿＿＿

11.您對本書或本公司的建議：

10045　台北市重慶南路一段66-1號3樓

幼獅文化事業股份有限公司　　收

客服專線：02-23112832分機208　傳真：02-23115368

e-mail：customer@youth.com.tw

幼獅樂讀網http：//www.youth.com.tw